Hermann Hesse (1877–1962), dessen Bücher in den USA in einer Gesamtauflage von über 11, in Japan von über 12 Millionen Exemplaren verbreitet sind, ist dort der meistgelesene europäische Autor.

Walter Schmögner wurde 1943 in Wien geboren. Sein erstes Kinderbuch »Das Drachenbuch« erschien 1966, 1970 das »Traumbuch für Kinder« 1972 »Das Etikettenbuch für Kinder«, 1970 »Plopp-Wu-U-Um-Whaaasch« (Insel Verlag) und das Kunstbuch der »Bösen Bilder«, 1973 die Folge mit dem Titel »Walter Schmögner« (Insel Verlag).

Anläßlich Hermann Hesses 100. Geburtstag am 2. Juli 1977 hat Walter Schmögner eine von Hesses frappierendsten und aktuellsten Geschichten ausgewählt und illustriert, sein Märchen *Die Stadt*. In atemberaubender erzählerischer Raffung gibt diese bereits 1910 entstandene Fabel einen kompletten kultur- und entwicklungsgeschichtlichen Abriß unserer Zivilisation. Wie aus der Perspektive eines Historikers oder Naturwissenschaftlers, dem erst seine Unbefangenheit und innere Distanz vom Untersuchungsobjekt die größtmögliche Objektivität erlaubt, wird hier in ebenso charakteristischer wie tragikomischer Reihenfolge der Aufstieg und Verfall eines menschlichen Siedlungsgebietes dargestellt. Was da unter der Devise »Fortschritt« gleichzeitig mit der Erschließung von Erdölfeldern aus dem Boden gestampft wird und in entlarvender Folgerichtigkeit vom ersten Warenhaus und Geldinstitut über den Alkoholgegnerbund bis zum Spiritistenverein, zur bayrischen Bierhalle und schließlich auch zur Kultur sich in Symbiose entwikkelt, ist eine Vorwegnahme von Fragestellungen, welchen sich heute, mehr als ein halbes Jahrhundert nach der Entstehung dieses »Märchens«, ganze Zweige der wissenschaftlichen Forschung zugewandt haben.

Walter Schmögner hat, Seite für Seite, dieses große Thema in farbigen Bildern dargestellt.

insel taschenbuch 236
Hermann Hesse
Walter Schmögner
Die Stadt

Hermann Hesse

Ein Märchen
ins Bild gebracht von
Walter Schmögner

Insel Verlag

insel taschenbuch 236
Dritte Auflage, 39. bis 48. Tausend 1981
© Insel Verlag Frankfurt am Main 1977
Alle Rechte vorbehalten
Der Text »Die Stadt« erschien erstmals 1945
in dem Sammelband »Traumfährte«.
Copyright 1945 by Fretz und Wasmuth AG Zürich.
Renewal Copyright 1973 by Heiner Hesse.
Alle Rechte vorbehalten durch Suhrkamp Verlag
Vertrieb durch den Suhrkamp Taschenbuch Verlag
Umschlag nach Entwürfen von Willy Fleckhaus
Druck: P. R. Wilk, Seulberg im Taunus
Printed in Germany

DIE STADT

»Es geht vorwärts!« rief der Ingenieur, als auf der gestern neugelegten Schienenstrecke schon der zweite Eisenbahnzug voll Menschen, Kohlen, Werkzeuge und Lebensmittel ankam. Die Prärie glühte leise im gelben Sonnenlicht, blaudunstig stand am Horizont das hohe Waldgebirge. Wilde Hunde und erstaunte Präriebüffel sahen zu, wie in der Einöde Arbeit und Getümmel anhob, wie im grünen Lande Flecken von Kohlen und von Asche und von Papier und von Blech entstanden. Der erste Hobel schrillte durch das erschrockene Land, der erste Flintenschuß donnerte auf und verrollte am Gebirge hin, der erste Amboß klang helltönig unter raschen Hammerschlägen auf. Ein Haus aus Blech entstand, und am nächsten Tage eines aus Holz, und andere, und täglich neue, und bald auch steinerne. Die wilden Hunde und Büffel blieben fern, die Gegend wurde zahm und fruchtbar, es wehten schon im ersten Frühjahr Ebenen voll grüner Feldfrucht, Höfe und Ställe und Schuppen ragten daraus auf, Straßen schnitten durch die Wildnis.

Der Bahnhof wurde fertig und eingeweiht, und das Regierungsgebäude, und die Bank, mehrere kaum um Monate jüngere Schwester=
städte erwuchsen in der Nähe. Es kamen Arbeiter aus aller Welt, Bauern und Städter, es kamen Kaufleute und Advokaten, Prediger und Lehrer, es wurde eine Schule gegründet, drei religiöse Gemeinschaften, zwei Zeit=
ungen.

Im Westen wurden Erdölquellen gefunden, es kam großer Wohlstand in die junge Stadt. Noch ein Jahr, da gab es schon Taschendiebe, Zuhälter, Einbrecher, ein Warenhaus, einen Alkoholgegnerbund, einen Pariser Schneider, eine bayerische Bierhalle. Die Konkurrenz der Nebenstädte beschleunigte das Tempo.

Nichts fehlte mehr, von der Wahlrede bis zum Streik, vom Kinotheater bis zum Spiritisten=verein. Man konnte französischen Wein, norwegische Heringe, italienische Würste, englische Kleiderstoffe, russischen Kaviar in der Stadt haben. Es kamen schon Sänger, Tänzer und Musiker zweiten Ranges auf ihren Gastreisen in den Ort.

Und es kam auch langsam die Kultur. Die Stadt, die anfänglich nur eine Gründung gewesen war, begann eine Heimat zu werden. Es gab hier eine Art, sich zu grüßen, eine Art, sich im Begegnen zuzunicken, die sich von den Arten in anderen Städten leicht und zart unterschied. Männer, die an der Gründung der Stadt teilgehabt hatten, genossen Achtung und Beliebtheit, ein kleiner Adel strahlte von ihnen aus.

Ein junges Geschlecht wuchs auf, dem erschien die Stadt schon als eine alte, beinahe von = Ewigkeit stammende Heimat. Die Zeit, da hier der erste Hammerschlag erschollen, der erste Mord geschehen, der erste Gottesdienst gehalten, die erste Zeitung gedruckt worden war, lag ferne in der Vergangenheit, war schon Geschichte.

Die Stadt hatte sich zur Beherrscherin der Nachbarstädte und zur Hauptstadt eines großen Bezirkes erhoben. An breiten heiteren Straßen, wo einst neben Aschenhaufen und Pfützen die ersten Häuser aus Brettern und Wellblech gestanden hatten, erhoben sich ernst und ehrwürdig Amtshäuser und Banken, Theater und Kirchen, Studenten gingen schlendernd zur Universität und Bibliothek, Krankenwagen fuhren leise zu den Kliniken, der Wagen eines Abgeordneten wurde bemerkt und begrüßt, in zwanzig gewaltigen

Schulhäusern aus Stein und Eisen wurde jedes Jahr der Gründungstag der ruhmreichen Stadt mit Gesang und Vorträgen gefeiert. Die ehemalige Prärie war von Feldern, Fabriken, Dörfern bedeckt und von zwanzig Eisenbahnlinien durchschnitten, das Gebirge war nahegerückt und durch eine Bergbahn bis ins Herz der Schluchten erschlossen. Dort, oder fern am Meer, hatten die Reichen ihre Sommerhäuser.

Ein Erdbeben warf, hundert Jahre nach ihrer Gründung, die Stadt bis auf kleine Teile zu Boden.

Sie erhob sich von neuem; und alles Hölzerne ward nun Stein, alles Kleine groß, alles Enge weit. Der Bahnhof war der größte des Landes, die Börse die größte des ganzen Erdteils, Architekten und Künstler schmückten die verjüngte Stadt mit öffentlichen Bauten, Anlagen, Brunnen, Denkmälern. Im Laufe dieses neuen Jahrhunderts erwarb sich die Stadt den Ruf, die schönste und reichste des Landes und eine Sehenswürdigkeit zu sein.

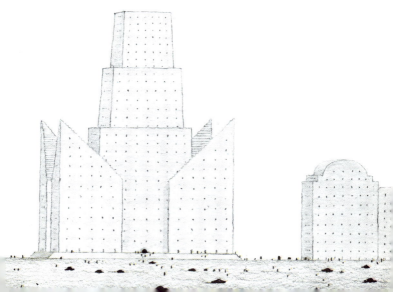

Politiker und Architekten, Techniker und Bürgermeister fremder Städte kamen gereist, um die Bauten, Wasserleitungen, die Verwaltung und andere Einrichtungen der berühmten Stadt zu studieren. Um jene Zeit begann der Bau des neuen Rathauses, eines der größten und herrlichsten Gebäude der Welt, und da diese Zeit beginnenden Reichtums und städtischen Stolzes glücklich mit einem Aufschwung des allgemeinen Geschmacks,

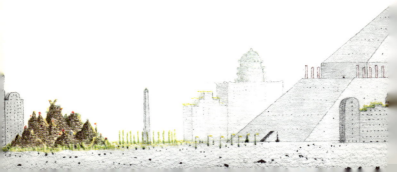

der Baukunst und Bildhauerei vor allem, zu=
sammentraf, ward die rasch wachsende Stadt
ein keckes und wohlgefälliges Wunderwerk.
Den inneren Bezirk, dessen Bauten ohne
Ausnahme aus einem edlen, hellgrauen Stein
bestanden, umschloß ein breiter grüner Gürtel
herrlicher Parkanlagen, und jenseits dieses
Ringes verloren sich Straßenzüge und Häuser
in weiter Ausdehnung langsam ins Freie
und Ländliche.

Viel besucht und bewundert wurde ein ungeheu=
res Museum, in dessen hundert Sälen,
Höfen und Hallen die Geschichte der Stadt von
ihrer Enstehung bis zur letzten Entwicklung
dargestellt war. Der erste, ungeheure Vor=
hof dieser Anlage stellte die ehemalige Prärie
dar, mit wohlgepflegten Pflanzen und Tieren
und genauen Modellen der frühesten
elenden Behausungen, Gassen und Einricht=
ungen. Da lustwandelte die Jugend der
Stadt und betrachtete den Gang ihrer Ge=
schichte, vom Zelt und Bretterschuppen an, vom
ersten unebenen Schienenpfad bis zum Glanz
der großstädtischen Straßen.

Und sie lernten daran, von ihren Lehrern geführt und unterwiesen, die herrlichen Gesetze der Entwicklung und des Fortschritts begreifen, wie aus dem Rohen das Feine, aus dem Tier der Mensch, aus dem Wilden der Gebildete, aus der Not der Überfluß, aus der Natur die Kultur enstehe.

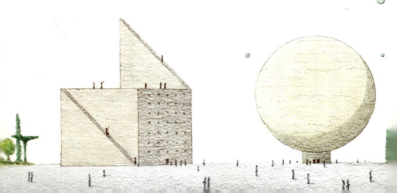

Im folgenden Jahrhundert erreichte die Stadt den Höhepunkt ihres Glanzes, der sich in reicher Üppigkeit entfaltete und eilig steigerte, bis eine blutige Revolution der unteren Stände dem ein Ziel setzte. Der Pöbel begann damit, viele von den großen Erdölwerken, einige Meilen von der Stadt entfernt, anzuzünden, so daß ein großer Teil des Landes mit Fabriken, Höfen und Dörfern teils verbrannte, teils verödete.

Die Stadt selbst erlebte zwar Gemetzel und Greuel jeder Art, blieb aber bestehen und erholte sich im nüchternen Jahrzehnten wieder langsam, ohne aber das frühere flotte Leben und Bauen je wieder zu vermögen. Es war während ihrer üblen Zeit ein fernes Land jenseits der Meere plötzlich aufgeblüht, das lieferte Korn und Eisen, Silber und andere Schätze mit der Fülle eines unerschöpften Bodens, der noch willig hergibt. Das neue Land zog die brachen Kräfte,

das Streben und Wünschen der alten Welt
gewaltsam an sich, Städte blühten dort über
Nacht aus der Erde, Wälder verschwanden, Was=
serfälle wurden gebändigt.

Die schöne Stadt begann langsam zu ver=
armen. Sie war nicht mehr Herz und Hirn einer
Welt, nicht mehr Markt und Börse vieler Län=
der. Sie mußte damit zufrieden sein, sich am
Leben zu erhalten und im Lärme neuer Zeiten
nicht ganz zu erblassen. Die müßigen
Kräfte, soweit sie nicht nach der fernen neuen
Welt fortschwanden, hatten nichts mehr zu bauen

und zu erobern und wenig mehr zu handeln und zu verdienen. Statt dessen keimte in dem nun alt gewordenen Kulturboden ein geistiges Leben, es gingen Gelehrte und Künstler von der still werdenden Stadt aus, Maler und Dichter. Die Nachkommen derer, welche einst auf dem jungen Boden die ersten Häuser erbaut hatten, brachten lächelnd ihre Tage in stiller, später Blüte

geistiger Genüsse und Bestrebungen hin,
sie malten die wehmütige Pracht alter
moosiger Gärten mit verwitternden
Statuen und grünen Wassern und sangen
in zarten Versen vom fernen Getümmel
der alten heldenhaften Zeit oder vom stillen
Träumen müder Menschen in alten Palästen.
Damit klangen der Name und Ruhm dieser
Stadt noch einmal durch die Welt.

Mochten draußen Kriege die Völker erschüttern und große Arbeiten sie beschäftigen, hier wußte man in verstummter Abgeschiedenheit den Frieden walten und den Glanz versunkener Zeiten leise nachdämmern: stille Straßen, von Blütenzweigen überhangen, wetterfarbene Fassaden mächtiger Bauwerke über lärm= losen Plätzen träumend, moosbewachsene Brunnenschalen in leiser Musik von spielenden Wassern überronnen.

Manche Jahrhunderte war die alte träumende Stadt für die jüngere Welt ein ehrwürdiger und geliebter Ort, von Dichtern besungen und von Liebenden besucht. Doch drängte das Leben der Menschheit immer mächtiger nach anderen Erdteilen hin. Und in der Stadt selbst begannen die Nachkommen der alten einheimischen Familien auszusterben oder zu verwahrlosen.

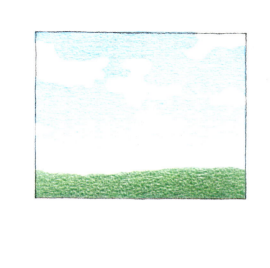

Es hatte auch die letzte geistige Blüte ihr Ziel längst erreicht, und übrig blieb nur verwesendes Gewebe. Die kleineren Nachbarstädte waren seit längeren Zeiten ganz verschwunden, zu stillen Ruinenhaufen geworden, zuweilen von Zigeunern und entflohenen Verbrechern bewohnt.

Nach einem Erdbeben, das indessen die Stadt selbst verschonte, war der Lauf des Flusses verschoben und ein Teil des verödeten Landes zu Sumpf, ein anderer dürr geworden. Und von den Bergen her, wo die Reste uralter Steinbrüche und Landhäuser zerbrökkelten, stieg der Wald, der alte Wald, langsam herab. Er sah die weite Gegend öde liegen und zog langsam ein Stück nach dem anderen in seinen grünen Kreis, überflog hier einen Sumpf mit flüsterndem Grün, dort ein Steingeröll mit jungem, zähem Nadelholz.

In der Stadt hausten am Ende keine Bürger mehr, nur noch Gesindel, unholdes, wildes Volk, das in den schiefen, einsinkenden Palästen der Vorzeit Obdach nahm und in den ehemaligen Gärten und Straßen seine mageren Ziegen weidete. Auch diese letzte Bevölkerung starb allmählich in Krankheiten und Blödsinn aus, die ganze Landschaft war seit der Versumpfung von Fieber heimgesucht und der Verlassenheit anheimgefallen.

Die Reste des alten Rathauses, das einst der Stolz seiner Zeit gewesen war, standen noch immer sehr hoch und mächtig, in Liedern aller Sprachen besungen und ein Herd unzähliger Sagen der Nachbarvölker, deren Städte auch längst verwahrlost waren und deren Kultur entartete.

In Kinder-Spukgeschichten und melancho=
lischen Hirtenliedern tauchten entstellt und ver=
zerrt noch die Namen der Stadt und der gewe=
senen Pracht gespenstisch auf, und Gelehrte
ferner Völker, deren Zeit jetzt blühte, kamen
zuweilen auf gefährlichen Forschungsreisen
in die Trümmerstätte, über deren Geheim=
nisse die Schulknaben entfernter Länder
sich begierig unterhielten. Es sollten Tore
von reinem Gold und Grabmäler voll von
Edelsteinen dort sein, und die wilden

Nomadenstämme der Gegend sollten aus alten fabelhaften Zeiten her verschollene Reste einer tausendjährigen Zauberkunst bewahren.

Der Wald aber stieg weiter von den Bergen her in die Ebene, Seen und Flüsse enstanden und vergingen, und der Wald rückte vor und ergriff und verhüllte langsam das ganze Land, die Reste der alten Straßenmauern, der Paläste, Tempel, Museen, und Fuchs und Marder, Wolf und Bär bevölkerten die Einöde.

Über einem der gestürzten Paläste, von dem kein Stein mehr am Tage lag, stand eine junge Kiefer, die war vor einem Jahr noch der vorderste Bote und Vorläufer des heranwachsenden Waldes gewesen. Nun aber schaut auch sie schon wieder weit auf jungen Wuchs hinaus.

"Es geht vorwärts!", rief ein Specht, der am Stamme hämmerte, und sah den wachsenden Wald und den herrlichen, grünenden Fortschritt auf Erden zufrieden an.

Anthologien, Märchen, Sagen

Aladin und die Wunderlampe
Aus dem Arabischen von Enno Littmann. Mit Illustrationen einer
französischen Ausgabe von 1865/66. it 199

Ali Baba und die vierzig Räuber
und die Geschichten von den nächtlichen Abenteuern des Kalifen
aus 1001 Nacht. Aus dem Arabischen von Enno Littmann. Mit
Illustrationen einer französischen Ausgabe von 1865/66. it 163

Hans Christian Andersen. Märchen
Mit Illustrationen von Vilhelm Pedersen und Lorenz Frølich. Aus dem
Dänischen von Eva-Maria Bluhm. Drei Bände in Kassette. it 133
– Märchen meines Lebens. Eine Skizze.
Mit Porträts des Dichters. it 356

Clemens Brentano. Das Märchen von Fanferlieschen
Schönerfüßchen
Mit acht Radierungen von Max Beckmann. it 341

Das Buch der Liebe
Gedichte und Lieder, ausgewählt von Elisabeth Borchers. it 82

Denkspiele
Polnische Aphorismen des zwanzigsten Jahrhunderts.
Herausgegeben und mit einem Nachwort von Antoni Marianowicz
und Ryszard Marek Gronski. Mit Illustrationen von Klaus Ensikat
it 76

Deutsche Heldensagen.
Nacherzählt von Gretel und Wolfgang Hecht. it 345

Der Teufel ist tot
Deutsche Märchen vor und nach Grimm
Herausgegeben mit einem Nachwort und Anmerkungen von Ninon
Hesse. it 427

Die Erzählungen aus den Tausendundein Nächten
Einleitung von Hugo von Hofmannsthal. Vollständige deutsche Ausgabe in zwölf Bänden. Nach dem arabischen Urtext der Calcuttaer
Ausgabe aus dem Jahre 1839. Übertragen von Enno Littmann. Mit
farbigen Miniaturen. In farbiger Schmuckkassette. it 224

Anthologien, Märchen, Sagen

Der Familienschatz
Mit Holzschnitten und Zeichnungen von Ludwig Richter. it 34

Gebete der Menschheit
Religiöse Zeugnisse aller Zeiten und Völker. Herausgegeben von
Alfonso M. di Nola. Zusammenstellung und Einleitung der deutschen
Ausgabe von Ernst Wilhelm Eschmann. it 238

Geschichten aus dem Mittelalter
Herausgegeben von Hermann Hesse. Aus dem Lateinischen über-
setzt von Hermann Hesse und J. G. Th. Graesse. it 161

Geschichten der Liebe aus den 1001 Nächten
Aus dem arabischen Urtext übertragen von Enno Littmann. Mit acht
farbigen Miniaturen. it 38

Gesta Romanorum. Das älteste Märchen- und Legendenbuch
des christlichen Mittelalters
Herausgegeben und eingeleitet von Hermann Hesse. it 316

Jacob und Wilhelm Grimm. Deutsche Sagen
Zwei Bände. it 481

Kinder- und Hausmärchen, gesammelt durch die Brüder Grimm
Mit den Zeichnungen von Otto Ubbelohde und einem Vorwort von
Ingeborg Weber-Kellermann. Drei Bände. it 112/113/114

Die großen Detektive
Detektivgeschichten mit Auguste Dupin, Sherlock Holmes und Pater
Brown. Herausgegeben und mit einem Nachwort von Werner
Berthel. Mit Illustrationen von George Hutchinson. it 101
Die großen Detektive II
Nick Carter, Nat Pinkerton, Sherlock Holmes, Percy Stuart. Heraus-
gegeben von Werner Berthel. it 368

Wilhelm Hauff. Märchen
Zwei Bände. Herausgegeben von Bernhard Zeller. Mit Illustrationen
von Theodor Weber, Theodor Hosemann und Ludwig Burger.
it 216/217

Anthologien, Märchen, Sagen

Hermann Hesse. Kindheit des Zauberers
Ein autobiographisches Märchen. Handgeschrieben, illustriert und
mit einer Nachbemerkung versehen von Peter Weiss. it 67
– Piktors Verwandlungen
Ein Liebesmärchen, vom Autor handgeschrieben und illustriert, mit
ausgewählten Gedichten. Nachwort von Volker Michels. it 122

Das kalte Herz. Erzählungen der Romantik
Herausgegeben und illustriert von Manfred Frank. it 330

Märchen der Romantik
Mit zeitgenössischen Illustrationen. Herausgegeben von Maria
Dessauer. 2 Bände. it 285

Märchen deutscher Dichter
Ausgewählt von Elisabeth Borchers. it 13

Im magischen Spiegel
Märchen deutscher Dichter aus zwei Jahrhunderten. Erster Band.
Herausgegeben von Paul-Wolfgang Wührl. it 347

Liebe Mutter
Eine Sammlung von Elisabeth Borchers. it 230

Lieber Vater
Eine Sammlung von Gottfried Honnefelder. it 231

Das Meisterbuch
Ein Lesebuch deutscher Prosa und Lyrik aus Klassik und Romantik
Herausgegeben von Hermann Hesse. it 310

Merkprosa. Ein Lesebuch
Herausgegeben von Werner Berthel. Mit Vexierbildern aus dem
XIX. Jahrhundert. it 283

Johann Karl August Musäus. Rübezahl
Für die Jugend von Christian Morgenstern. Mit Illustrationen von Max
Slevogt. it 73

Die Nibelungen
In der Wiedergabe von Franz Keim. Mit den berühmten farbigen
Jugendstilillustrationen von Carl Otto Czeschka. Mit einem Vor- und
Nachwort von Helmut Brackert. Im Anhang die Nacherzählung »Die
Nibelungen« von Gretel und Wolfgang Hecht. it 14